L'album des chiots

# Incroyable Zorro

## Susan Hughes

Illustrations de
**Leanne Franson**

Texte français de
Martine Faubert

*Éditions*
**■■SCHOLASTIC**

Crédits photographiques
Page couverture : Chiot berger shetland © Juniors Bildarchiv/Alamy
Logo © Mat Hayward/Shutterstock.com;
© Michael Pettigrew/Shutterstock.com;
© Picture-Pets/Shutterstock.com
Arrière-plan © Ann Precious/Shutterstock.com


Nous remercions la Dre Stephanie Avery, D.M.V., pour son expertise sur les chiots.


Catalogage avant publication de Bibliothèque et Archives Canada

Hughes, Susan, 1960-
[Murphy helps out. Français]
Incroyable Zorro / Susan Hughes ; illustrations de Leanne Franson ;
texte français de Martine Faubert.

(Album des chiots)
Traduction de: Murphy helps out.
ISBN 978-1-4431-2431-7 (couverture souple)4
I. Franson, Leanne, illustrateur II. Faubert, Martine, traducteur III. Titre.
IV. Titre: Murphy helps out. Français. V. Collection: Hughes, Susan, 1960- .
Album des chiots.

PS8565.U42M8714 2014          jC813'.54          C2013-906141-X

Édition publiée par les Éditions Scholastic, 604, rue King Ouest,
Toronto (Ontario) M5V 1E1 CANADA.

6 5 4 3 2 1     Imprimé au Canada     121     14 15 16 17 18

MIXTE
Papier issu de
sources responsables
FSC® C004071
FSC
www.fsc.org

*Pour l'adorable Evany Logue*

# CHAPITRE UN

*Des chiots traversent la pelouse. Ils sont une bonne vingtaine!*

*Il y en a des bruns, des noirs et des bruns tachetés de blanc. Certains ont les oreilles pointues et d'autres ont les oreilles pendantes. Certains ont des pattes longues et robustes et d'autres ont des pattes minuscules. Mais tous ont l'œil vif et la queue qui remue.*

Catou est à l'école, assise à son pupitre. Elle a les yeux fermés et elle rêve à des chiots.

*Sa mère et son père lui sourient.*

*— Bien sûr que tu peux avoir un chiot, Catou, dit sa mère.*

*— Tu peux choisir celui que tu veux, ajoute son père en désignant les chiots.*

*Catou sourit. Elle regarde les chiots et essaie de choisir. Le petit setter irlandais à poil roux qui la regarde avec ses beaux yeux sombres? Le dalmatien blanc et noir qui gambade sur la pelouse? L'adorable terrier Wheaton avec sa face brune et sa truffe noire?*

La cloche sonne. La journée d'école est terminée. La rêverie aussi, mais ça ne dérange pas Catou, car c'est enfin l'heure d'aller voir des chiots, des vrais!

— Allons-y! dit-elle à Béatrice, sa voisine de pupitre.

Elles se lèvent, ramassent leurs affaires et se précipitent vers la sortie. Elles n'ont pas encore atteint la porte quand leur enseignante les interpelle.

— Catherine, Béatrice, pourquoi êtes-vous donc si pressées? demande-t-elle avec un sourire en coin.

Catou aime beaucoup Mme Messier, son

enseignante de 4ᵉ année. Notamment, parce qu'elle adore les chiots, elle aussi.

— On a tellement hâte, Mme Messier! dit Catou. Vous vous rappelez? Ma tante a ouvert un salon de toilettage pour chiens. Alors on va l'aider, car elle a un nouveau chiot.

— Vous en avez de la chance! dit Mme Messier, toujours avec un petit sourire.

— Ses affaires marchent très bien, poursuit Catou. Elle pensait qu'il faudrait un peu de temps avant que son commerce démarre, mais dès la première semaine elle a été débordée. Elle nous a alors demandé, à Maya et à moi, de venir l'aider après l'école. Et Béatrice adore les chiots autant que moi. Le saviez-vous?

— Oui, mon petit doigt me l'a dit! répond Mme Messier avec une lueur de malice dans ses yeux bruns.

— Quand Catou a su que j'aimais aussi les chiots, elle m'a demandé de venir les aider au P'tit bonheur canin, explique Béatrice.

Béatrice a déménagé récemment à Jolibois. Elle est grande et mince, avec les yeux noisette et de longs cheveux brun-roux qu'elle porte souvent tressés. Catou la trouve aussi jolie qu'Anne, dans *La maison aux pignons verts*.

Cela a pris quelques jours avant que Catou et

Béatrice deviennent amies. Mais pas meilleures amies, comme Catou et Maya qui font presque tout ensemble. Maya aime taquiner Catou et la faire rire. Elle lui dit des choses comme « Tu adores les chiots, mais ton surnom est Catou-Minou! Un peu bizarre, non? » Quant à Catou, elle aide Maya dans ses travaux scolaires et lui raconte des blagues ridicules. Depuis la maternelle, elles ont toujours été dans la même classe, sauf cette année.

Maintenant, Catou a une nouvelle amie : Béatrice. Et Maya a accepté d'essayer d'être son amie, même si elles ne se connaissent pas du tout et ne semblent pas avoir grand-chose en commun. En effet, Béatrice est calme et réservée alors que Maya est plutôt extravertie et s'exprime facilement.

Catou espère de tout cœur que ses deux amies, Maya la meilleure et Béatrice la nouvelle, vont bien s'entendre. Aujourd'hui, c'est la première fois qu'elles vont passer du temps toutes les trois ensemble après l'école. Elles doivent aller au P'tit bonheur canin, puis chez Catou, car celle-ci a invité ses deux amies à souper. Maya est déjà venue chez Catou à maintes reprises, mais pour Béatrice, c'est la première fois.

— Formidable! s'exclame Mme Messier. Il en a de la chance le chiot qui va vous avoir pour lui tout seul! Amusez-vous bien, les filles!

Catou et Béatrice se dépêchent de sortir de l'école. Elles traversent la cour, puis s'arrêtent et cherchent Maya des yeux. Elles doivent se rendre toutes ensemble au P'tit bonheur canin.

— Désolée pour le retard, dit Maya qui les rattrape en courant. Allons-y! Mais dites-moi : ai-je raté la réponse à la blague?

— Ah oui, la blague! dit Béatrice en souriant et en levant les yeux au ciel.

Chaque matin, Catou raconte une blague. Aujourd'hui, c'était : comment appelle-t-on un chien qui n'a pas de pattes?

Et chaque matin, elle se fait un malin plaisir de ne pas leur donner la réponse tout de suite.

— Allez, Catou-Minou! supplie Maya. On veut la

réponse!

— Vous en êtes sûres? dit Catou d'un air taquin. Vous donnez votre langue au chat?

— S'il te plaît! dit Maya. Arrête de nous torturer! Tu veux savoir toi aussi, hein, Béatrice?

— Oui, tout de suite! répond Béatrice.

— Alors voilà! dit Catou. La réponse, c'est qu'on ne l'appelle pas, on va le chercher.

— Grrr! font Béatrice et Maya.

— La pire de toute ta carrière! ajoute Maya en riant.

Et elles partent toutes les trois à vive allure en direction du P'tit bonheur canin.

# CHAPITRE DEUX

Comme tous les après-midi depuis l'inauguration, la salle d'attente est bondée. Aujourd'hui, une dame aux cheveux roux est assise avec un yorkshire-terrier plein de vie sur ses genoux. Une autre pèse son schnauzer sur la balance. Un gros monsieur est assis, son colley couché à ses pieds. Le chien semble nerveux et halète. Un autre homme, maigre et agité, est assis seul. Il porte des lunettes noires. Ses longues jambes sont croisées et il ne cesse de taper du pied.

Il n'y a personne derrière le comptoir; tante Janine n'a toujours pas engagé de réceptionniste.

Les filles restent debout contre le mur et attendent patiemment. Sur le présentoir, Béatrice prend une revue sur les chiens et se met à lire. Maya donne un coup de coude à Catou et pointe le menton en direction du client qui est assis seul.

— Lévrier pure race, chuchote-t-elle.

C'est un de leurs jeux préférés. Quand elles voient un inconnu, elles essaient de trouver à quel genre de chien il ressemble le plus.

Catou rit et approuve de la tête :

— Oui : un lévrier pure race!

L'instant d'après, tante Janine sort de la salle de toilettage. Elle porte sa blouse rose et ses cheveux châtains sont coiffés en queue de cheval. Elle tient dans ses bras un whippet au corps gracile.

— Voilà, ma belle! lui gazouille-t-elle à l'oreille. Ce n'était pas si épouvantable, finalement! La prochaine fois que je taillerai tes griffes, tu n'auras plus aussi peur.

Elle tend la chienne au client tout maigre.

Catou et Maya échangent un regard et se sourient. Ce n'est pas un lévrier, mais Maya n'était pas loin.

— Presque! dit Catou à son amie.

Béatrice lui lance un regard inquisiteur.

— Je t'expliquerai plus tard, dit Catou. Promis!

— Est-ce que ça s'est bien passé? demande le client en remuant étrangement le bout de son nez. Vous êtes sûre que ma Milly va bien?

D'un bras, il tient Milly et de l'autre main, il remonte ses lunettes sur son nez une fois, puis deux. Sa pomme d'Adam tressaute quand il avale sa salive.

— Oui, oui! répond tante Janine en tapotant le bras du client pour le rassurer. Elle s'est calmée dès que j'ai commencé.

— Oui, bien sûr! dit le client après s'être éclairci la voix. Je me demande toujours pourquoi elle est si nerveuse. Eh bien, merci et au revoir!

Tante Janine accueille les trois fillettes avec un grand sourire, puis elle leur fait signe d'entrer dans la salle de toilettage où il y a deux grandes tables et deux séchoirs sur pied. Sur des tables disposées le long des murs, se trouvent des paniers remplis de brosses, de tondeuses, de rasoirs électriques, de bouteilles de shampoing et d'autres accessoires de toilettage.

Tante Janine referme la porte, se laisse tomber sur sa chaise et lâche un gros soupir.

— C'est la première fois de toute la journée que j'ai la chance de m'asseoir! explique-t-elle. Depuis que j'ai ouvert ce matin, les clients n'ont pas cessé de défiler avec leurs chiens. Et le téléphone n'a pas arrêté de sonner!

Au même moment, on entend la sonnerie du téléphone dans la salle d'attente.

— Fantastique, non? s'exclame tante Janine en brandissant le poing en l'air en signe de victoire.

Les fillettes éclatent de rire.

— Alors, ma chouette! dit tante Janine en employant ce petit nom qu'elle aime donner à sa nièce. Je suis bien contente que tu puisses m'aider avec tes copines, cette semaine. Mais êtes-vous certaines d'en avoir le temps? Je ne voudrais pas que vos parents me reprochent ensuite de vous empêcher de faire vos devoirs!

— On a tout le temps qu'il faut, réplique Catou d'une voix bien assurée. Cette semaine, on peut venir ici tous les jours après l'école. Pas vrai Béatrice? Pas vrai Maya?

— Exact! confirme Maya.

Béatrice approuve de la tête. Elle tire sur une de ses tresses.

— Merveilleux! chantonne tante Janine. Alors laissez-moi vous parler un peu du chiot de la semaine. (Elle s'arrête une seconde pour glisser une gomme dans sa bouche.) Zorro est un berger shetland de trois mois. Comme tous les chiens de berger, il a envie de chasser tout ce qui bouge et de rassembler les troupeaux. Les shetlands ne sont pas de très gros chiens. Ils sont sociables, fidèles et doux. Bruno, le propriétaire de Zorro, est parti voir sa grand-mère qui est malade. Il m'a dit que Zorro a besoin de faire beaucoup d'exercice. Il aime courir et jouer. (Elle s'arrête pour faire une bulle avec sa gomme.) Alors les filles, qu'en pensez-vous?

— On adorerait l'emmener en promenade, tante Janine, dit Catou, débordante d'enthousiasme.

— Parfait! répond tante Janine en se relevant. Suivez-moi! Je vais vous le présenter.

Mais, tout en refaisant sa queue de cheval, elle retourne d'abord dans la salle d'attente.

La cliente avec le yorkshire-terrier se lève.

— C'est notre tour? demande-t-elle.

Le petit chien aboie.

— Je reviens vous chercher dans un instant, Mme Paquette et Pixie, dit tante Janine avec un sourire.

Mme Paquette se rassoit en ronchonnant, et le yorkshire-terrier se remet à aboyer.

— Pourquoi ne me laisseriez-vous pas vos chiens au lieu d'attendre? demande tante Janine aux deux autres clients. J'ai une belle grande salle où ils pourraient attendre leur tour.

— Non, merci! dit le client avec le colley. Je préfère attendre.

— Et Max? demande tante Janine.

La cliente avec le schnauzer regarde sa montre, puis approuve de la tête. Elle promet d'être de retour dans deux heures.

Tante Janine demande à Maya de prendre la laisse

de Max. Puis elles se rendent toutes les quatre dans la garderie pour chiens, à l'arrière de la boutique. La pièce est vaste et il y a quatre cages alignées contre un mur. Il y a aussi une zone clôturée qui rappelle un parc à jeu pour les tout-petits.

— On va installer Max là-dedans, dit tante Janine.

Maya fait entrer Max, puis détache sa laisse. Elle ressort de l'enclos et referme la porte. Max se précipite sur le bol d'eau et boit. Puis, en remuant la queue, il fait le tour de la clôture en reniflant. Finalement, il se couche sur le coussin et, l'instant d'après, il est endormi.

Entre-temps, Catou a repéré Zorro. Et Zorro l'a repérée, lui aussi!

Tante Janine et les fillettes se précipitent vers sa cage pour le saluer.

— Ce qu'il est mignon! s'extasie Béatrice.

— Il est adorable! ajoute Catou.

Le petit berger shetland remue la queue avec tant de frénésie que tout son corps se tortille.

— Quel beau pelage! s'exclame Maya.

— Oui, approuve tante Janine. Et il sera toujours aussi beau, même en changeant de couleur. Le pelage des chiots de cette race est d'abord pâle, puis il devient de plus en plus foncé.

Zorro a un sous-poil d'une couleur dorée magnifique, et un surpoil un peu plus long et noir. Le tour de son cou et sa poitrine sont blancs. Sa truffe est noire, sa queue aussi, et ses yeux sont brun foncé. Il a les oreilles repliées.

— Zorro, comment vas-tu, mon chien? lui demande Catou. Quel petit trésor!

Zorro remue la queue et gigote de plus belle.

— Comme tous les shetlands, ce petit bout d'chou risque d'être un peu timide avec vous au début, explique tante Janine. Son propriétaire m'a dit qu'il lui fallait du temps avant d'accepter d'approcher les étrangers, ajoute-t-elle en ouvrant la cage. Catou, viens le prendre!

Catou soulève délicatement le chiot. Il gigote de plaisir dans ses bras. Il presse son museau contre sa joue, puis la lèche.

Il sent merveilleusement bon! Catou lui flatte la tête, puis le gratte derrière les oreilles.

— Très bien! Visiblement, vous êtes faits pour

vous entendre! Maintenant, je vais aller toiletter notre très patiente Pixie, dit tante Janine avec humour. (Elle fait une autre bulle avec sa gomme.) À plus tard, les filles!

La porte se referme. Catou garde Zorro encore un instant dans ses bras. Elle respire son doux parfum de chiot puis, un peu à regret, elle le dépose par terre.

Zorro, plein d'entrain, fonce vers l'enclos où dort Max. Il remue la queue. Il voudrait que Max se réveille et vienne jouer avec lui. Mais Max garde les yeux fermés et se contente de bâiller.

Remuant toujours la queue, Zorro part à la découverte de la salle; il renifle les sacs de croquettes, les autres cages et la porte fermée.

Les fillettes le regardent, médusées. Puis Maya dit :

— Et nous, Zorro? On veut te dire bonjour, nous aussi! dit-elle en s'accroupissant et en lui tendant la main. Viens, mon chien!

Le petit shetland s'arrête. Il penche la tête de côté, l'air incertain.

— Allez, viens! l'encourage-t-elle. Je suis sûre que tu es un bon chien!

Zorro avance vers elle d'un pas hésitant. Arrivé près de Maya, il change d'idée et se retourne vers Catou. Mais ses pattes glissent sur le plancher. Il dérape, se remet d'aplomb, puis court vers Catou et se cache entre ses jambes. Maintenant qu'il se sent en sécurité, il risque un œil vers Maya et Béatrice.

Maya éclate de rire et Béatrice sourit.

— Tu ne devrais pas avoir peur de nous, lui dit Béatrice doucement. On est tes amies.

Zorro remue la queue timidement. Les fillettes éclatent de rire.

— Je parie qu'il s'accroche à moi parce que je suis la première à l'avoir pris dans mes bras, dit Catou.

Elle se penche et fixe la laisse au collier de Zorro.

— Allez mon grand! dit-elle avec un sourire. On va au parc!

# CHAPITRE TROIS

Les fillettes sortent par l'arrière. Catou est impressionnée de voir que Zorro marche si bien en laisse, sans aller sur les pelouses pour sentir les arbres ni se coucher dans les flaques d'eau. Il préfère trottiner à son côté, la tête haute et la queue dressée.

Promener Zorro ainsi la rend heureuse. Elle le trouve absolument adorable.

Béatrice et Maya les suivent à quelques pas de

distance. Catou écoute leur bavardage.

— J'ai lu que les shetlands sont protecteurs, dit Maya. Ils aboient tout le temps pour avertir leur famille de la présence d'un intrus, à moins qu'on ne les entraîne à ne pas le faire.

— Notre chien de ferme, Bella, n'était pas pure race, dit Béatrice. On n'a jamais su de quelles races elle était issue, mais on s'est toujours dit qu'elle devait avoir un peu de shetland. Et peut-être un soupçon de husky et un brin de chien de chasse. On disait en rigolant qu'elle était le résultat d'une recette ultrasecrète!

Après un instant de silence, Maya dit :

— Il y a tant de races de chiens que j'ai du mal à choisir ma préférée; je change toujours d'idée. Catou-Minou en devient folle! ajoute-t-elle en lui tirant les cheveux par-derrière.

Catou se retourne, et Maya lui fait une grimace.

— Je ne sais pas quelle est ma préférée, dit Béatrice. Dans ma famille, on n'a jamais parlé d'avoir un chien et encore moins de la race qu'on voudrait. Un beau jour, Bella est simplement arrivée à la ferme.

— Vraiment! s'étonne Catou.

Elle voudrait en savoir plus à propos de Bella, mais Maya l'interrompt :

— Une semaine, j'aime les carlins, dit-elle, comme si elle n'avait pas entendu ce que Béatrice venait de dire. Et la semaine suivante, ce sont les rottweilers. Cette semaine, je choisirais un... lhassa apso. Connaissez-vous cette race?

Béatrice veut répondre, mais Maya ne lui en laisse pas le temps.

— Les lhassa apso sont plutôt petits, ajoute-t-elle. Ils ont un pelage magnifique, qui traîne par terre. Ils ont de grandes oreilles et une longue frange. On dirait qu'ils portent une coiffure sophistiquée!

— Bella avait de grandes oreilles, dit Béatrice. Son poil était de toutes les couleurs : doré, blanc, noir et brun. De quelle couleur sont les lhassa apso?

— Les lhassa apso me rappellent une poupée que j'avais quand j'étais petite, poursuit Maya, ignorant toujours Béatrice. Ses cheveux sortaient du dessus de sa tête. On pouvait les tirer pour qu'ils soient longs, puis jouer à les brosser ou à les coiffer. Un jour, je les ai coupés!

*Étrange!* se dit Catou. *On dirait que Maya fait comme si Béatrice n'était pas là. On dirait qu'elle parle toute seule!*

Maya vient rejoindre Catou et glisse son bras sous le sien. Béatrice reste seule derrière.

— Zorro marche si bien en laisse! dit-elle à Catou. Quel adorable petit bout d'chou! Il va être magnifique dans notre album de chiots!

Catou est mal à l'aise, car en disant cela, Maya vient d'exclure Béatrice. En effet, elles n'ont pas encore eu le temps de lui parler de l'album qu'elles ont créé et dans lequel elles font des dessins et écrivent à propos des races de chiens qu'elles aiment. Elles ont l'intention d'y inclure aussi tous les chiots dont elles auront pris soin au P'tit bonheur canin.

Catou se demande pourquoi Maya a parlé de leur album. L'a-t-elle fait exprès pour que Béatrice se sente exclue? Béatrice les a probablement déjà vues en train de regarder l'album à l'école, mais elles ne lui ont pas expliqué ce qu'elles faisaient. Devrait-elle le faire maintenant? Mais Maya risque de ne pas être contente.

— Maya! dit Catou à voix basse. Écoute, pour l'album de chiots…

Mais elles viennent d'arriver au parc. Zorro redresse la tête et renifle l'air. Il tire sur sa laisse, tout excité. Maya crie :

— Hourra! On est arrivés. On peut courir!

— Allez, Béatrice! Allons-y! crie Catou afin d'inclure sa nouvelle amie aussi.

Les fillettes s'élancent sur la vaste pelouse. Catou rit de voir le chiot bondir à côté d'elle sur ses petites pattes délicates.

Quand elles arrivent au terrain de jeu, à l'autre bout du parc, elles s'arrêtent, tout essoufflées. Elles rient. Béatrice se penche pour flatter le chiot.

— Bon chien, Zorro! dit-elle.

Le chiot la regarde avec ses beaux yeux bruns et remue la queue.

— Chienchien! crie une fillette en apercevant Zorro.

Elle est debout au milieu du bac à sable avec d'autres tout-petits. Des enfants jouent sur la glissoire et sur les balançoires.

La fillette agite sa pelle en plastique rouge, qu'elle tient à bout de bras. Elle court vers Zorro en criant :

— Chienchien!

En la voyant arriver, Zorro va se réfugier entre les jambes de Catou.

— Veux flatter chienchien! Veux flatter chienchien! crie la petite.

Avant qu'elle ne s'approche trop, sa mère la rattrape et la prend dans ses bras.

— Non, ma chérie! Si on veut flatter un chien, on

doit d'abord demander la permission. Ma fille peut-elle le caresser? demande-t-elle à Catou.

— Zorro est méfiant avec les étrangers. Mais on peut essayer. Tends la main et laisse-le la renifler, dit Catou à la petite fille. Ensuite, tu pourras le flatter doucement.

— Fais comme moi, dit la mère en approchant lentement sa main.

La petite tend la main vers Zorro à son tour pour qu'il la renifle. Le chiot est d'abord méfiant; il baisse la tête et se recroqueville. Cependant, la fillette attend patiemment, et il finit par relever la tête et renifler sa main. Il remue la queue. Elle tend un peu plus la main pour le toucher, mais il recule, comme s'il était effrayé.

— Ne t'en fais pas, Zorro! dit Catou. Elle ne te fera aucun mal.

La mère s'accroupit à côté de sa fille et l'encourage à nouveau à approcher sa main. Zorro la renifle, encore une fois. Quand elle l'avance lentement pour le caresser, il remue la queue, tout content.

— Me'ci! dit la petite.

Elle les salue de la main, puis retourne au terrain de jeu.

— Oui, merci! dit la mère avec un sourire.

Puis elle court rejoindre sa fille.

— Pourquoi les shetlands sont-ils si craintifs? demande Béatrice.

— Notre Einstein va sûrement pouvoir nous l'expliquer, dit Maya d'un ton taquin. Catou passe des heures sur Internet, à se documenter à propos des chiens, et son livre préféré a pour titre *Les races de chiens dans le monde*. Combien de fois l'as-tu lu? Une bonne vingtaine, au moins?

— Je sais, rétorque Catou. Je suis un cas désespéré! Certains chiens sont simplement plus timides que d'autres, explique-t-elle. Par exemple, la plupart des chiots shetlands le sont. Le bruit ou les intrus les dérangent. Et quand ils ont peur ou sont inquiets, ils aboient ou s'enfuient. Il est donc très important de les habituer à la présence d'autres personnes lorsqu'ils sont encore très jeunes. Notre petit bout d'chou a besoin de rencontrer des étrangers le plus souvent possible. Ainsi, il apprendra à reconnaître les personnes en qui il peut avoir confiance et qui ne lui feront aucun mal. Et il sera plus heureux!

— J'ai une idée, dit Maya. On pourrait promener Zorro en laisse à tour de rôle. Ainsi il s'habituerait à chacune de nous et apprendrait à nous faire confiance.

— Pas bête! admet Catou. À ton tour, Béatrice, ajoute-t-elle en se tournant vers celle-ci.

Mais Catou voit que Maya fronce les sourcils.

# CHAPITRE QUATRE

Béatrice est ravie de prendre la laisse.

— OK Zorro, dit-elle en avançant de quelques pas. On marche!

Mais le chiot refuse de bouger. Il la regarde d'un air triste. Il préfère rester entre les jambes de Catou.

— J'ai trouvé un bâton! dit Maya. On pourrait le lancer à Zorro pour détourner son attention. Et on en profiterait pour lui apprendre à rapporter.

Elle agite le bâton pour le montrer au chiot.

— Tu es prêt, Zorro? Va chercher! dit-elle en lançant le bâton pas trop loin.

Le chiot le suit des yeux et part en courant. Comme les filles utilisent une laisse à enrouleur, Zorro peut s'éloigner tout en restant en sécurité. Il attrape le bâton. Il grogne, le secoue, puis le lance en l'air.

Les fillettes éclatent de rire.

— Quel chiot féroce! s'amuse Béatrice. D'accord! Maintenant, reviens vers moi, Zorro! Viens!

Le chiot la regarde, mais reste là où il est, heureux de mâchouiller le bâton.

— Zorro, viens! répète Béatrice. Allez, viens!

Zorro se lève. Mais, au lieu de revenir vers Béatrice, il prend le bâton dans sa gueule et va rejoindre Catou. Béatrice tire doucement sur sa laisse.

— Viens Zorro! Ici! dit-elle, cette fois avec autorité. Viens, mon chien!

Zorro sent la traction sur son collier. Il s'arrête, puis s'assoit et regarde Béatrice. Il se tourne vers Catou, puis regarde Béatrice de nouveau.

— Il est adorable! s'exclame Maya en tapant des mains.

— Viens Zorro! l'encourage Béatrice. Viens! ajoute-t-elle en tapant sur sa cuisse. Je sais que tu es un bon chien!

Zorro se tourne de nouveau vers Catou, puis se dirige vers Béatrice. Il se couche sur ses pieds et se remet à mâcher le bâton.

— Bon chien, Zorro! le félicite Béatrice en lui tapotant la tête.

— Bien joué, Béatrice! dit Maya en approuvant de la tête.

Béatrice relance le bâton quatre fois. Aux troisième et quatrième lancers, le chiot revient vers elle sans même regarder du côté de Catou.

Puis c'est au tour de Maya de tenir la laisse. Zorro est d'abord hésitant. Il regarde Catou, puis Béatrice et, enfin, Maya. Mais cette fois, il s'adapte plus vite. Au troisième lancer, il revient directement auprès de Maya. Il remue même la queue quand elle le félicite.

— On fait une pause? suggère Catou en montrant du doigt l'autre bout du parc où se trouve une colline aux pentes gazonnées, surmontée d'un bosquet.

Puis elle se tourne vers Béatrice et lui demande :

— Tu as envie de monter là-haut? La vue est magnifique!

Le sommet est l'un des endroits du quartier que Catou préfère. Elle aime s'y rendre pendant la fin de semaine. Elle s'assoit là, et contemple le parc et la ville qui s'étendent à ses pieds. Ou bien elle contourne le bosquet et s'assoit de l'autre côté, d'où elle peut voir la campagne. Chaque fois qu'elle s'y rend, elle se met à rêver au chiot qu'elle voudrait avoir un jour.

— À ton tour! dit Maya en lui tendant la laisse.

— Zorro! dit Catou. Qu'en penses-tu, mon chien? Te sens-tu capable de marcher jusqu'à la colline, puis de grimper?

Le chiot penche la tête sur le côté, remue la queue et semble sourire à Catou. Catou éclate de rire et explique :

— Voilà une autre caractéristique des shetlands. Je l'ai lu quelque part et maintenant je le vois de mes propres yeux : ils sourient vraiment!

Béatrice éclate de rire et approuve :

— Oui, il sourit vraiment!

— Bon, on y va? dit Catou. Viens, Zorro!

Le chiot gambade et les fillettes le suivent. Ils traversent la pelouse jusqu'à la colline, puis ils grimpent, encore et encore.

En arrivant au sommet, les fillettes se laissent tomber par terre, à l'ombre des arbres. Zorro halète et se couche à côté de Catou. Il lui lèche la main une fois, deux fois. Elle caresse son petit bedon tout rond.

— J'aime bien cet endroit, déclare Béatrice, visiblement heureuse.

— Moi aussi, dit Maya.

— Béatrice, je vois ta maison. Maya, regarde, c'est celle-là, dit Catou en indiquant une maison dans la rue qui longe le parc. Béatrice, tu as vraiment de la chance d'habiter tout près du parc!

— J'aurais préféré rester à la ferme, dit Béatrice d'un ton nostalgique. Mais c'était impossible, alors c'est quand même bien d'habiter près du parc. Bella aurait aimé cet endroit.

Béatrice a déménagé récemment à Jolibois avec sa famille afin de se rapprocher de ses grands-parents. Mais, juste avant le jour du déménagement, sa chienne Bella est morte.

Catou voudrait en savoir plus à propos de Bella,

mais Zorro se relève. Il se tourne vers les arbres et aboie. Sa petite voix de chiot n'a pas un timbre très féroce. Mais il aboie, encore et encore.

— Qu'y a-t-il, Zorro? demande Catou en se relevant.

Elle tient la laisse bien serrée dans sa main. Il tire dessus et continue d'aboyer.

— As-tu entendu quelqu'un? ajoute-t-elle. Il y a quelqu'un par là?

— Je ne vois personne. Je suis sûre que ce n'est rien, dit Maya en se retournant sur le ventre, d'un air insouciant.

— Zorro, calme-toi! ordonne Catou, se demandant si le chiot est effrayé ou excité ou les deux à la fois.

— Qu'est-ce qu'on devrait faire? demande Béatrice en se relevant, inquiète.

Elle regarde du côté du bosquet. Elle a les bras tendus et les poings serrés.

— Et s'il y avait quelqu'un? dit-elle. Un jour, Bella et moi étions en promenade...

— Franchement, Béatrice! se moque Maya. Tu as

peur parce que ce petit bout d'chou aboie? Calme-toi!

— Premièrement, je suis calme, rétorque Béatrice en regardant Maya d'un air fâché. Deuxièmement, les chiens sentent des choses que nous ne pouvons pas percevoir. Ils savent quand il y a un danger.

— Oh! s'exclame Maya. Voilà qu'elle se prend pour une experte en chiens!

— Non, réplique Béatrice. Mais contrairement à toi, j'ai déjà eu un chien, moi.

Maya la regarde d'un air furieux. Puis elle hausse les épaules et riposte :

— Oh! Et puis, tant pis!

Catou est très énervée : ses deux amies se disputent, et Zorro n'arrête pas d'aboyer. Ça va mal!

# CHAPITRE CINQ

— Bon! dit Maya. Si c'est si grave, allons voir ce qui énerve tant Zorro!

— Eh bien moi, je n'irai pas dans ce bois! proteste Béatrice en croisant les bras.

— Ça alors, quelle surprise! rétorque Maya sèchement. Et toi, Catou?

Catou hésite. Elle regarde Maya, puis Béatrice. Elle se sent coincée entre ses deux amies.

Zorro la regarde en gémissant. Puis, elle dit :

— On revient tout de suite, Béatrice. Ça va aller.

Catou laisse Zorro ouvrir la marche. Elle tient fermement sa laisse. Maya et elle pénètrent dans le bosquet après lui. Il n'y a pas de sentier. Elles doivent se frayer un passage à travers les broussailles et les branches de sapin. Elles avancent péniblement et ne voient pas grand-chose.

Zorro semble savoir où il va. Il tire sur sa laisse, mais il a cessé d'aboyer. Il remue la queue.

— Qu'y a-t-il, Zorro? lui redemande Catou. Qu'est-ce qu'on cherche?

Les fillettes et le chiot ont presque complètement traversé le bosquet et vont bientôt se retrouver de l'autre côté de la colline.

Soudain, Zorro s'arrête. Il se couche et pose la tête entre ses deux pattes.

— Il arrive que les chiots agissent ainsi quand ils rencontrent un chien plus âgé, dit Catou. Mais…

— Regarde! Au pied de l'arbre! crie Maya en montrant l'endroit du doigt.

Catou voit d'abord un tas de feuilles mortes, puis elle aperçoit un cocker brun-roux, couché en boule au milieu. Il gémit.

— Un chien! s'exclame Maya. Il s'est peut-être perdu?

— Bravo Zorro! dit Catou. Bon chien! Tu es un héros! ajoute-t-elle en lui tapotant le dos.

Les fillettes et Zorro s'approchent. Le cocker les a entendus. Il s'assoit face à eux et remue la queue. Son pelage soyeux est long sur ses pattes et son corps. Il traîne presque par terre.

— Oh! dit Catou. C'est un vieux chien; le poil de sa face est tout gris. Pauvre toutou! Comment as-tu fait pour te perdre?

Le cocker les regarde de ses beaux yeux tristes. Ses grandes oreilles pendent de chaque côté de sa tête.

— Il a l'air si gentil! dit Maya. Je me demande depuis combien de temps il est là.

Lentement, le cocker se remet debout. D'une démarche un peu raide, il se dirige droit sur Zorro et lui donne un coup de langue sur le museau, en guise de remerciement. Zorro remue la queue, tout content.

Maya s'accroupit. Elle tend la main et dit :

— Viens, mon chien. Viens me dire bonjour.

Le cocker renifle la main de Maya. Puis il se frotte contre sa jambe, et elle lui caresse doucement le cou.

— C'est un cocker, dit Maya. Une femelle, n'est-ce pas Catou?

— Je crois, oui, répond Catou. Mais c'est un cocker américain, et non pas anglais, il me semble. Le cocker américain est plus petit. Sa silhouette est plus ronde et son museau, plus court.

— Je me demande à qui appartient cette chienne. Elle n'a même pas de collier. Pas de médaille, pas d'adresse, pas de numéro de téléphone! Comment t'appelles-tu? demande Maya à la chienne en la regardant dans les yeux. D'où viens-tu?

La vieille chienne se contente de remuer la queue.

— Si elle avait traversé la pelouse avant de grimper sur la colline, on l'aurait vue, dit Catou. Elle est donc arrivée par l'autre côté. Retournons-y! Il y a peut-être quelqu'un qui la cherche, en bas.

— D'accord, approuve Maya. Ça te va si je te prends dans mes bras? demande-t-elle à la chienne.

Maya la soulève délicatement, et la chienne se blottit contre son cœur.

Les fillettes rebroussent chemin et ressortent de l'autre côté du bosquet. Il n'y a que trois rues au pied de la colline. Ensuite, c'est la campagne.

La chienne lance alors un petit jappement. Zorro dresse les oreilles. On entend une voix chevrotante de femme qui appelle, au loin :

— Cannelle! Cannelle! Où es-tu Cannelle?

La chienne jappe joyeusement en signe de reconnaissance.

Au pied de la colline, une vieille dame, plutôt grande, est appuyée sur une canne. Elle porte une robe noire, des chaussures noires et un grand chapeau rose à large bord. Elle regarde tout autour d'elle comme si elle cherchait quelque chose.

— Tu t'appelles Cannelle? demande Maya. C'est ta propriétaire?

La chienne se tortille de plaisir et aboie encore.

— Cannelle! Cannelle! appelle encore la dame en mettant ses mains en porte-voix devant sa bouche. Où es-tu ma belle?

— Devrais-je la poser par terre? demande Maya à Catou.

— Oui, je crois, réplique Catou. On dirait qu'elle connaît cette dame. C'est sûrement sa propriétaire.

Maya dépose la chienne, et celle-ci dévale la pente en aboyant joyeusement.

— Cannelle? C'est toi? demande la dame. Vilain chien! Viens ici tout de suite!

Quelques secondes plus tard, la petite chienne arrive au pied de la colline. Elle va se coller contre les jambes de sa maîtresse et se remet à aboyer.

Les fillettes attendent que la dame relève la tête pour voir d'où sa chienne est venue. Elles attendent qu'elle les remercie, au moins d'un signe de la main.

Mais la dame n'en fait rien.

Elle plonge la main dans sa poche. Cannelle s'assoit gentiment, et la dame lui donne une gâterie.

Toujours sans regarder du côté de la colline, la dame se penche et glisse un collier autour du cou de Cannelle. Elle y accroche une laisse. Puis elle se redresse lentement.

Finalement, elle relève la tête et regarde en direction de Catou et de Maya. Catou sourit et la salue de la main.

Mais la dame ne lui rend pas son salut, ni de vive voix ni d'un signe de la main. Elle repart avec sa chienne et traverse la pelouse. Seule, Cannelle se retourne. Elle regarde en direction de la colline et salue les fillettes en remuant la queue.

# CHAPITRE SIX

Catou fronce les sourcils et dit :

— Ce n'est pas très gentil de sa part. On retrouve sa chienne, on la lui rapporte, et pas un mot!

— Ni même un signe de la main, ajoute Maya.

— Bon, tant pis, dit Catou en haussant les épaules. Au moins Cannelle est saine et sauve. Mais il est presque 17 h 30! ajoute-t-elle en regardant sa montre. C'est l'heure de ramener Zorro au P'tit bonheur canin.

Catou se rappelle alors que Béatrice les attend de l'autre côté du bosquet.

— Maya! dit-elle en regardant son amie. Que se passe-t-il avec Béatrice? Je sais que tu la connais à peine, mais tu as dit que tu essaierais d'être amie avec elle.

— J'ai dit que j'allais essayer, réplique Maya. Et je l'ai fait. Mais je n'ai pas dit que ça marcherait.

— Maya, comment peux-tu affirmer que tu as essayé? proteste Catou. Tu n'as passé que quelques minutes avec elle!

— Je sais, rétorque Maya en haussant les épaules. Mais c'était suffisant pour m'en faire une opinion. Le courant ne passe tout simplement pas entre elle et moi.

Catou ne sait que répondre. Finalement, les deux fillettes retraversent le bosquet sans rien dire. Quand elles ressortent de l'autre côté, Catou s'arrête, surprise de ne pas y trouver Béatrice.

Elle regarde de tous les côtés.

— Où est-elle? Où est Béatrice? répète-t-elle en lançant un regard courroucé à Maya.

Mais Béatrice les attend, assise au pied d'un arbre.

— Je suis ici! répond-elle en se relevant. Alors, que s'est-il passé?

Catou est soulagée de voir que Béatrice n'est pas partie et qu'elle n'est pas fâchée. Elle lui explique ce qui est arrivé avec Cannelle tandis qu'elles marchent toutes les trois avec Zorro en direction du P'tit bonheur canin. Mais l'atmosphère est tendue. Maya et Béatrice ne s'adressent pas une seule fois la parole.

— Au revoir, gentil petit Zorro, dit Catou. Et bravo encore une fois de nous avoir aidées à retrouver Cannelle!

Elle le dépose dans sa cage et lui promet de revenir le lendemain.

Les trois fillettes se rendent ensuite chez Catou,

dans une rue voisine du P'tit bonheur canin. Avant d'entrer, Béatrice prend Catou en aparté et lui demande :

— Es-tu certaine de vouloir m'inviter à souper?

— Bien sûr! affirme Catou. Pourquoi je ne voudrais pas?

En réalité, Catou hésite. Alors elle décide de faire comme si de rien n'était, malgré le malaise de Béatrice.

— Bonjour Catherine! dit Mme Riopel quand elle entend les fillettes entrer.

Puis elle sort de son bureau.

— Bonjour Maya. Ah! Et toi, tu es Béatrice, je suppose, ajoute-t-elle avec un sourire. Ravie de faire ta connaissance. Je suis très contente de vous avoir à souper!

— Merci, dit Béatrice timidement. Moi aussi, ça me fait plaisir.

— On sera dans ma chambre, maman, dit Catou. Appelle-moi quand il faudra mettre la table.

— Compte sur moi! dit Mme Riopel.

Les fillettes montent dans la chambre de Catou. En entrant, Béatrice étouffe un cri d'admiration. Les murs sont couverts d'affiches et d'images de chiots. La bibliothèque est pleine de livres sur les chiots et de chiens en peluche.

Maya se laisse tomber à plat ventre sur le lit et dit à Béatrice :

— Peux-tu dire à cette cocotte qu'elle exagère *un peu* avec les chiens?

— Quelle belle chambre! s'exclame Béatrice. Je l'adore!

Puis elle fronce les sourcils et dit :

— Ma mère m'a demandé de l'appeler quand on serait ici. Peux-tu m'indiquer où se trouve le téléphone, Catou?

— Oui, bien sûr. Le téléphone est dans le salon.

Catou conduit Béatrice jusqu'au salon, puis elle revient dans sa chambre. Elle s'assoit et regarde Maya droit dans les yeux.

— Écoute, Maya! dit-elle. Quand nous avons commencé la promenade avec Zorro, tu as parlé de notre album de chiots. Béatrice était là, mais elle n'est au courant de rien.

— Et alors? réplique Maya en se retournant sur le dos et en calant sa tête sur un oreiller.

Catou hésite. Maya ne fait rien pour lui faciliter les choses.

— Je veux lui parler de notre projet, dit Catou. Je veux qu'elle nous aide à le faire.

Maya ne dit rien.

— Qu'en penses-tu? poursuit Catou. Elle aussi, elle adore les chiots. Si elle devient notre amie, on doit lui demander de participer à notre album.

Voilà. Elle l'a dit. Maintenant, elle retient son souffle en attendant la réponse de Maya.

— Rappelle-toi la première fois que tu l'as rencontrée, proteste Maya, les sourcils froncés. Tu ne l'as pas aimée tout de suite. Et maintenant, apparemment, tu l'aimes bien. C'est quand même beaucoup me demander d'en faire autant, non? Et puis, j'ai dit que j'essaierais d'être amie avec elle, mais ça ne veut pas dire qu'elle doit tout faire avec nous. (Maya se rassoit sur le lit et croise les bras.) Tu m'as demandé de venir t'aider au P'tit bonheur canin et tu le lui as demandé aussi. Très bien! Toi et moi, on a eu l'idée de faire cet album des chiots, et maintenant tu voudrais qu'elle y participe aussi? Et si je n'avais pas envie qu'elle soit au courant de ce projet!

Les deux fillettes s'observent en silence.

Béatrice revient alors dans la chambre. Elle a l'air tendue et serre les poings. Les yeux baissés, elle dit d'une petite voix :

— Je dois y aller.

Catou se lève brusquement. *Oh! Non!* se dit-elle. *Béatrice a dû nous entendre.*

— Mais… commence-t-elle.

— Ma mère a changé d'avis. Elle veut que je rentre souper à la maison.

Catou sait qu'elles l'ont blessée.

— Béatrice… dit Catou.

— Désolée, Catou, la coupe Béatrice en croisant brièvement son regard. Ce sera pour une autre fois.

— Béatrice, dis-moi la vérité? demande Catou. Ta mère a-t-elle…

— Tant pis! l'interrompt Maya. On se reverra demain, à l'école.

— C'est ça, à demain! rétorque Béatrice. Au revoir, Catou!

Puis elle sort de la chambre et referme la porte.

# CHAPITRE SEPT

Catou fusille Maya du regard.

— Tu n'es vraiment pas gentille, dit-elle. Béatrice est mon amie.

— Ah oui, vraiment? réplique Maya toujours assise sur le lit. Je croyais que c'était moi, ton amie!

Catou n'en croit pas ses oreilles!

— Tu sais très bien que tu es mon amie, proteste-t-elle. Mais Béatrice aussi. Et ce n'est pas très gentil de ta part de la rejeter continuellement.

Catou se rend à la porte de la chambre et annonce à Maya :

— Je vais lui dire au revoir.

Au moment où elle quitte la chambre, elle entend la porte d'entrée se refermer. Elle dévale les escaliers.

— Je reviens tout de suite, maman! crie-t-elle.

Elle se précipite sur le perron. Béatrice court. Elle est déjà rendue presque au bout de la rue.

— Béatrice! crie Catou Attends-moi!

Béatrice ne semble pas l'entendre, car elle ne ralentit pas.

Catou la rattrape. Elles sont maintenant à proximité du parc, près de chez Béatrice. Celle-ci a cessé de courir. Elle vient même de s'arrêter.

— Béatrice, excuse-moi! dit Catou à bout de souffle.

— Chut! fait Béatrice en levant la main. Écoute!

Les fillettes restent immobiles, sans rien dire.

Puis le gémissement d'un chien se fait entendre.

— Je l'entends! dit Catou. Mais d'où cela vient-il? Où est ce chien?

— Par là, je crois, répond Béatrice.

Catou suit Béatrice qui traverse la rue, puis entre dans le parc.

Elles entendent le chien aboyer. C'est un cocker. Il marche lentement sur la pelouse. Les fillettes l'observent. Au bout d'un instant, le chien s'assoit pour se reposer, l'air triste.

— Je n'en crois pas mes yeux! s'exclame Maya. C'est Cannelle!

Catou et Béatrice se retournent brusquement. Maya est juste derrière elles!

— Oui, bon, dit Maya. Je n'allais tout de même pas rester toute seule chez toi à me tourner les pouces! dit-elle à Catou en haussant les épaules.

Celle-ci fronce les sourcils, puis reporte son attention sur la petite chienne et Béatrice.

— C'est Cannelle, la chienne qui s'était perdue, explique Catou à Béatrice. Celle que Zorro a trouvée sur la colline.

— Viens mon chien! l'appelle Maya doucement.

Elle s'accroupit pour lui flatter la tête et lui dit :

— Qu'est-ce que tu fais ici? Où est passée ta propriétaire, cette fois?

Catou parcourt la rue des yeux. La grande dame habillée en noir n'est pas là.

Maya prend la chienne dans ses bras.

Béatrice vient se placer à côté d'elle.

— Elle a l'air si triste! dit Béatrice d'une voix tremblante. Est-ce que je peux la flatter?

— Bien sûr! dit Maya sans regarder Béatrice.

— Mais qu'est-ce qu'elle a? dit Catou. Pourquoi se sauve-t-elle tout le temps?

— Au moins, elle a son collier cette fois, fait remarquer Maya.

Béatrice s'approche et examine le collier de la chienne.

— Oh! Non! s'exclame-t-elle. Ses médailles sont

tombées! Sans sa médaille d'identification, on ne peut pas savoir où elle habite. Sa propriétaire ne semble pas s'en occuper très bien.

— C'est vrai, elle n'est pas très responsable, dit Maya en hochant la tête.

— Heureusement, nous savons à peu près où elle habite. Probablement près du pied de la colline, là où on l'a aperçue en train d'appeler sa chienne, dit Catou. On devrait essayer de la ramener par là et on arrivera peut-être à trouver la bonne maison.

— On ne devrait peut-être pas, dit Béatrice, les mains sur les hanches. Cette dame ne mérite pas d'avoir un chien. Elle a déjà perdu Cannelle deux fois, et ce n'est pas bien du tout!

— Tu sais, je suis d'accord avec Béatrice, approuve Maya. Perdre son chien deux fois dans la même journée, c'est plutôt grave!

— Avoir un chien est un privilège, dit Béatrice. Je donnerais la lune pour retrouver ma Bella. Et voilà que cette dame a un chien et qu'elle le laisse partir comme ça…

— En plus, on ne sait même pas comment la retrouver, dit Maya. Ce n'est peut-être même pas la peine d'essayer.

— Oui, c'est vrai! dit Béatrice.

Catou ne comprend plus rien. Depuis le début, Maya n'est pas gentille avec Béatrice. Mais elle est contente que ses deux amies s'entendent enfin sur quelque chose. *Mais suis-je d'accord avec elles?* se demande-t-elle.

Les idées se bousculent dans sa tête. *Si on ne prend pas la peine de retrouver la propriétaire de Cannelle, on pourrait la garder et en prendre soin à tour de rôle. Comment mes parents pourraient-ils refuser que je m'occupe d'un chien perdu?*

Catou hésite. *Dans le fond, peut-être que je ne pense qu'à moi?* se dit-elle.

C'est vrai, l'idée d'avoir un chien lui fait plaisir. Elle a toujours voulu en avoir un. Mais alors qu'elle envisage de garder Cannelle, elle se sent à la fois triste et contente. Comme si ces deux sentiments se livraient bataille dans son cœur.

Elle se penche et flatte Cannelle. La vieille chienne est assise et se repose. Elle semble attendre que les fillettes prennent la bonne décision.

Catou finit par comprendre qu'elle se pose les mauvaises questions. La priorité, ce sont les besoins de la chienne.

— Écoutez! dit-elle. On ne sait rien au sujet de la propriétaire de Cannelle. Mais on sait que sa chienne est perdue et triste. Elle doit retourner chez elle.

— Elle est peut-être triste, réplique Maya. Mais ça ne veut pas dire pour autant que sa propriétaire s'en occupe comme il faut. Elle est peut-être tout simplement trop fidèle?

— Certains chiens endurent le pire de la part de leurs maîtres, souligne Béatrice. Pourtant, ils continuent de les aimer.

— Alors, on va tenter de trouver la maison de Cannelle, dit Catou. Et on verra bien comment est sa propriétaire. On ne la laissera pas si on estime qu'elle n'y est pas en sécurité. D'accord?

Béatrice hésite. Elle réfléchit à l'idée de Catou, les

sourcils froncés. Puis elle hoche la tête.

— Approuvé! déclare-t-elle.

— D'accord, Catou, dit Maya sur un ton impatient avant de pousser un long soupir. Catou-Minou a presque toujours raison. Il faudra t'y habituer, Béatrice. Ça fait partie des difficultés auxquelles on doit faire face quand on est son amie.

— Alors je vais essayer, dit Béatrice avec un sourire en coin.

Catou lève les yeux au ciel. Mais elle est soulagée de voir que ses deux copines ont fini par s'entendre.

— D'accord, dit Maya. Alors on emmène Cannelle dans son quartier et on cherche sa maison?

Maintenant que la décision est prise, Maya est impatiente de passer à l'action, comme d'habitude.

— Très bien, mais ça pourrait être long, dit Catou. Elle semble vraiment perdue.

— Hé! J'ai une idée! dit Béatrice, débordante d'enthousiasme. Zorro pourrait nous aider! D'ailleurs, c'est lui qui vous a conduites jusqu'à Cannelle, la première fois. Avec son flair, il arrivera peut-être à retrouver la piste qui mène jusqu'à sa maison?

— Excellente idée! s'exclame Catou. On retourne chez moi avec Cannelle pour demander la permission à maman et ensuite, on téléphonera à tante Janine.

Les trois fillettes se rendent en courant chez Catou avec la chienne. Béatrice et Maya attendent dehors avec Cannelle pendant que Catou est à l'intérieur. Puis Catou revient et leur explique :

— Maman dit qu'elle va garder le souper au chaud jusqu'à notre retour. Elle nous demande d'être prudentes, comme toujours, ajoute Catou en grimaçant. Et tante Janine a dit que nous pouvions prendre Zorro! Elle est déjà en train de lui mettre sa laisse. Elle en a une autre pour Cannelle. En route!

Les trois fillettes se dépêchent de se rendre au P'tit bonheur canin. Quand elles arrivent, tante Janine les attend dehors avec Zorro. En les apercevant avec la petite chienne, Zorro se met à remuer la queue avec frénésie.

Dans les bras de Maya, Cannelle gigote de

bonheur. Maya la dépose par terre pour que les deux chiens puissent se saluer.

— Et voilà! dit tante Janine en tendant la laisse de Zorro à Catou. Et en voilà une autre, rose, pour cette pauvre petite chienne perdue, ajoute-t-elle en frottant la tête du cocker.

— Merci, tante Janine! dit Catou. Tu es la meilleure!

Tante Janine est si gentille et elle aime tant les chiens! Elle a toujours mille petites attentions pour eux. Catou veut être exactement comme elle, quand elle sera grande.

— Je ne bougerai pas d'ici, dit tante Janine. Bonne chance, les filles! Bonne chance, détective Zorro!

— Merci encore, tante Janine, dit Catou.

Puis elle se tourne vers Maya, Béatrice et les deux chiens et dit :

— OK! C'est parti, les amis!

# CHAPITRE HUIT

Les trois fillettes remontent la rue, entrent dans le parc et traversent la pelouse jusqu'au pied de la colline. Zorro gambade à côté de Catou, la tête haute et l'œil vif. Il a compris qu'ils sont en mission spéciale. Cannelle, qui n'a plus l'énergie de la jeunesse, les suit néanmoins sans problème. *Elle a peut-être compris qu'elle va rentrer à la maison*, se dit Catou.

Elles contournent la colline et se retrouvent de

l'autre côté. Elles sont aux limites de Jolibois, aux abords d'un petit quartier constitué de quelques rues seulement.

— Bon! dit Catou. Quand nous étions en haut de la colline et que nous regardions en bas, la propriétaire de Cannelle se tenait exactement ici. Puis Cannelle a descendu la pente pour aller la rejoindre, et elles sont parties dans cette direction, ajoute-t-elle en indiquant une rue qui va vers l'est. Tu es bien d'accord, Maya?

— Oui, c'est bien ça, répond Maya. Alors on prend cette rue et quand on approchera de la bonne maison, Cannelle va sûrement réagir.

Les fillettes se remettent à marcher et observent la réaction de la chienne en passant devant chaque maison. Mais il ne se passe rien. Cannelle regarde autour d'elle, mais s'intéresse surtout à Zorro. C'est normal, il est plutôt divertissant! Il saute sur un pissenlit au beau milieu d'une pelouse. Puis il attrape un bâton et marche fièrement en le tenant dans sa gueule. Plus loin, il s'arrête pour regarder des hirondelles qui s'envolent du haut d'un arbre.

Au bout de la rue, Cannelle ralentit en arrivant devant une maison de briques à deux étages. Il y a un tricycle au pied du perron et une balançoire faite d'un vieux pneu accroché à une branche d'arbre.

— C'est ici, Cannelle? demande Maya avec enthousiasme. C'est ta maison?

La chienne s'assoit au bord de la pelouse, puis se couche.

Tandis que Catou examine la maison, Zorro essaie de faire bouger la petite chienne en la poussant avec son museau. Elle ne bouge pas d'un poil. Alors Zorro se laisse tomber par terre, se blottit contre elle et ferme les yeux.

Les fillettes éclatent de rire.

— Ce n'est peut-être pas la maison de Cannelle, dit Catou en riant. Mais on dirait que nos deux chiens sont fatigués!

— Les petites pattes de Zorro n'en peuvent plus! approuve Béatrice. Et Cannelle a beaucoup marché aujourd'hui. D'abord jusqu'au parc, cet après-midi,

et ensuite presque jusque chez Catou.

— Tu as sans doute raison. Alors, je vais aller faire enquête pendant que les chiens se reposent, dit Maya en se dirigeant vers la maison.

Catou sourit, pleine d'admiration. Maya semble si sûre d'elle!

Maya frappe à la porte. Une petite fille vient ouvrir. Elle tend le cou pour voir le cocker et le shetland couchés dans le gazon. Elle secoue la tête.

Maya revient et dit :

— Non! Cannelle n'est pas à eux. La maman, qui était dans la cuisine, m'a dit avoir vu une vieille dame marcher avec un cocker, mais elle ignore où elle habite.

— Au moins, on est sur la bonne piste, dit Catou. Il n'y a que deux autres rues.

Cannelle et Zorro se relèvent. La petite sieste leur a redonné de l'énergie. Cannelle remue la queue. Zorro tire sur sa laisse, prêt à se remettre au travail.

— D'accord, les chiens! dit Maya. En route!

Et ils repartent tous ensemble dans la rue. Au carrefour, ils tournent dans l'autre rue.

Soudain, Zorro se met à renifler. Il les entraîne vers une petite maison blanche entourée d'une clôture de bois peinte en rouge. Ses oreilles sont dressées. Il remue la queue.

— Zorro a flairé une piste, dit Béatrice.

Le chiot entraîne Catou le long de la clôture, jusqu'à la porte. Elle est entrouverte, juste assez pour permettre à un petit chien de s'y glisser.

— Regardez! dit Maya. La porte est mal fermée. Voilà pourquoi Cannelle s'est sauvée!

— Sa propriétaire devrait vérifier si la porte est

bien fermée quand elle fait sortir sa chienne dans le jardin, dit Béatrice d'un ton de reproche. Elle ne s'en préoccupe pas beaucoup.

— Non, en effet! approuve Maya, l'air renfrogné.

La vieille chienne remue la queue et se dirige vers la maison en tirant sur la laisse. Elle semble bien connaître l'endroit.

Zorro, tout fier, s'assoit devant la porte de la clôture.

— Bon chien, Zorro! le félicite Catou. Tu as réussi! Tu as retrouvé la maison de Cannelle.

Elle se penche pour couvrir de bisous la tête du chiot. Il frissonne de bonheur.

— Je ne pense pas qu'on devrait redonner Cannelle à sa propriétaire. En tout cas, pas si elle est incapable de garder la porte de sa clôture fermée! déclare Maya en croisant les bras.

— D'accord avec toi! l'appuie Béatrice.

Pendant un instant, Catou aurait préféré ne pas avoir retrouvé la maison de Cannelle. Elles auraient dû y penser à deux fois et prendre une décision après une bonne nuit de sommeil. Catou aurait été si bien, avec la chienne cocker couchée à ses pieds, sur son lit! Elle aurait été si heureuse de se réveiller le lendemain matin en sa compagnie!

Elle baisse les yeux et regarde la chienne qui continue de tirer très fort sur sa laisse. Puis elle chasse les regrets. Soudain, elle sait que ramener Cannelle chez elle est la bonne solution.

— Cannelle veut rentrer chez elle, insiste Catou. Et puis, on ne connaît pas vraiment la situation. On n'a même pas rencontré sa propriétaire. Peut-être… Peut-être qu'on pourra faire quelque chose pour que Cannelle soit plus en sécurité.

Maya et Béatrice réfléchissent à la suggestion de Catou.

— Je suis d'accord avec toi, Catou, dit Maya. Et toi, Béatrice?

— Tu as sans doute raison, Catou, répond Béatrice en hochant la tête.

Les trois fillettes entrent dans le jardin. Cannelle est si excitée qu'elle force presque Béatrice à courir derrière elle jusqu'au perron. Catou, qui ferme la marche avec Zorro, s'arrête pour s'assurer que la porte de la clôture est bien fermée. Puis Zorro, au lieu de la suivre, s'assoit et gémit.

— Qu'y a-t-il, Zorro? demande Catou. Quelque chose ne va pas?

Elle se retourne et voit que la porte de la clôture s'est rouverte.

Elle referme la porte et remet le loquet en place. Mais elle s'aperçoit que celui-ci est brisé et ne reste pas en place plus d'une seconde.

— Rien ne t'échappe, Zorro! s'exclame-t-elle en se penchant pour lui flatter la tête. Tu es vraiment un bon chien!

Tandis que Maya frappe à la porte, Catou explique

à ses amies ce qui est arrivé avec le loquet.

— Mais alors, pourquoi la propriétaire de Cannelle n'a pas pris le temps de le réparer? dit Béatrice d'un ton de reproche. Ce n'est pourtant pas compliqué!

— C'est vrai! approuve Maya.

Les fillettes attendent sans rien dire pendant un instant. Cannelle, impatiente, n'arrête pas de geindre, mais personne ne vient répondre.

— Elle est peut-être absente, dit Béatrice d'une voix pleine d'espoir.

Catou sent son cœur battre plus fort. Pendant un instant, elle imagine qu'elle ramène Cannelle avec elle pour la nuit. Le lendemain après l'école, avec ses deux amies, elle pourrait même l'emmener au parc avec Zorro!

Maya frappe de nouveau à la porte. Toujours aucune réponse.

— On devra revenir plus tard, je suppose, dit Maya en haussant les épaules.

— Bien joué quand même Zorro! dit Catou. Tu nous as conduites jusqu'à la bonne maison.

Malheureusement, il n'y a personne pour le moment.

Les fillettes se retournent pour partir. C'est alors que Maya s'écrie :

— Regardez! Cannelle ne veut pas venir avec nous!

La chienne est assise à quelques pas de la porte d'entrée. Elle la fixe des yeux et refuse de bouger, même lorsque Béatrice tire sur sa laisse.

— Oui, on sait que c'est ta maison, dit Béatrice. Mais ta propriétaire n'est pas là. Suis-nous.

Cannelle se couche, pose la tête sur ses deux pattes avant et se met à geindre.

Catou est bouleversée. Elle voit bien que Cannelle veut désespérément rentrer chez elle. Elle regrette d'avoir souhaité que sa propriétaire soit absente. Mais que devraient-elles faire maintenant?

Soudain, Zorro tend l'oreille en direction de la porte. Il pousse un petit aboiement et remue la queue.

— Non, Zorro! lui dit Catou. Il n'y a personne.

C'est alors qu'elle entend une toute petite voix :

— Oui, oui! J'arrive!

Et tout à coup, la porte d'entrée s'ouvre.

# CHAPITRE NEUF

Une grande dame âgée se tient sur le seuil. Celle-là même que les fillettes ont vue avec Cannelle, dans l'après-midi. Elle s'appuie sur une canne et regarde autour d'elle.

— Cannelle! Cannelle! appelle la dame. C'est toi?

Cannelle s'agite au bout de sa laisse. Elle gémit. Béatrice la détache. La chienne s'élance vers la dame et se frotte contre ses jambes.

— Oh! Cannelle! s'exclame la dame en se

penchant pour la flatter. C'est bien toi. Pauvre chou! Tu es restée dehors bien longtemps et maintenant, tu veux rentrer, évidemment. (Elle fait une pause.) Mais ce n'est pas toi qui as frappé à la porte. Pourtant, j'ai bien entendu des coups à la porte…

Elle prend la chienne dans ses bras.

— C'était nous! dit Catou.

Elle s'avance vers la porte avec Maya et Cannelle, et s'arrête à côté de Béatrice.

— Je m'appelle Catherine, explique-t-elle, Catou pour les intimes. Et voici mes amies, Maya et Béatrice. Et lui, c'est Zorro, un chiot shetland.

— Oh! s'exclame la dame. Je ne vous avais pas vues, mes chères petites, ni votre chiot. Ma vision

76

n'est plus ce qu'elle était! ajoute-t-elle avec un sourire. Je vous présente ma chienne, un cocker qui s'appelle Cannelle. (La chienne aboie et gigote dans les bras de sa maîtresse.) Calme-toi, Cannelle! Je suis Mme Beauchamp, Ida Beauchamp. Que puis-je faire pour vous?

— On voudrait vous parler, puisque vous êtes la propriétaire de Cannelle, répond Catou.

— Oh mon Dieu! s'écrie la dame, l'air inquiet. Qu'est-ce que ma friponne a encore fait?

— Rien, rien, tout va bien! la rassure Catou. Elle s'est montrée très gentille et très bien élevée.

La vieille dame sourit.

— Mais comment se fait-il que vous la connaissiez? demande-t-elle. Est-ce que je vous connais?

— Euh… Oui et non… dit Catou, ne sachant que répondre.

— Cet après-midi, on était en haut de la colline, au parc, intervient Maya. Alors, on… C'est-à-dire Zorro… Oui, Zorro a trouvé Cannelle au milieu du bosquet. Elle était perdue. On l'a aidée à sortir de là.

Puis on vous a entendue l'appeler, et elle est partie vous rejoindre en courant. Ensuite, on vous a vue partir avec elle dans la rue. Alors on s'est dit que vous habitiez ce quartier.

— Dieu du Ciel! s'exclame Mme Beauchamp en serrant Cannelle sur son cœur.

— Puis, il y a une heure, on l'a aperçue près de chez Catou, poursuit Maya. Elle était seule et semblait encore perdue. Alors toutes les trois, avec Zorro, on l'a ramenée par ici dans l'espoir de retrouver votre maison. Et grâce à Zorro, on a réussi!

— Zorro s'est conduit en héros, et par deux fois, dit Béatrice d'une voix douce. Pas vrai, Zorro?

Elle se penche pour le flatter, et il lui lèche la main en retour.

— Mon doux Seigneur! s'exclame la vieille dame en secouant la tête. Mille mercis de me l'avoir ramenée! Je savais qu'elle s'était enfuie un peu plus tôt dans la journée. Mais je ne savais pas qu'elle vagabondait encore à l'heure qu'il est! Avant-hier, un voisin l'a retrouvée et me l'a ramenée. Et aussi une autre fois, la semaine dernière.

Mme Beauchamp a les larmes aux yeux.

— Comme je vous le disais, je ne vois pas très bien, ajoute-t-elle. Je n'ai jamais eu une très bonne vue. Mais ces derniers temps, on dirait que c'est pire. Je ne suis pas totalement aveugle, mais malvoyante selon ma médecin. Elle m'a conseillé de me procurer un chien d'assistance.

Elle laisse échapper un petit rire.

— Un chien d'assistance! reprend-elle en essuyant ses larmes. Imaginez la situation : Cannelle me partageant avec un autre chien! Elle en mourrait de jalousie!

Les fillettes éclatent de rire et Zorro remue la queue.

— Non, je n'ai pas besoin d'un chien d'assistance, déclare-t-elle. Mais il faut que je règle ce problème. Cannelle doit être en sécurité. Si jamais il lui arrivait malheur, eh bien… Mais je me demande comment elle fait pour se sauver comme ça.

Catou, tout attendrie, voit très bien que

Mme Beauchamp adore sa chienne.

Les trois amies échangent un regard. Catou comprend que Maya et Béatrice trouvent la dame gentille, elles aussi.

— Mme Beauchamp, dit Maya très poliment, on pense que Cannelle sort du jardin par la porte de la clôture. Quand on est arrivées, le loquet n'était pas mis.

— Le loquet! s'étonne Mme Beauchamp. Impossible! Je le ferme chaque fois que je laisse sortir Cannelle seule dans le jardin. Je referme toujours la porte de la clôture!

— La porte se ferme, oui, réplique Catou. Mais le loquet est brisé, et la porte se rouvre ensuite toute seule.

Mme Beauchamp semble vraiment surprise. Puis elle s'exclame :

— Seigneur du saint Ciel! Merci beaucoup de m'avoir avertie. Je vous suis si reconnaissante! Dès que je serai rentrée, j'appellerai quelqu'un pour le réparer. Et je ne laisserai pas sortir Cannelle seule tant que ce ne sera pas fait.

— Excellent! dit Béatrice avec un sourire.

— Je vous remercie beaucoup, mes chères petites, dit Mme Beauchamp, la main sur le cœur.

Puis elle prend un air soucieux et ajoute :

— Mais il y a un autre problème. Peut-être pourriez-vous m'aider?

Les fillettes se regardent, ne comprenant pas. Quel problème?

— Je me demande si… commence la dame.

Puis elle redresse le dos, cessant de s'appuyer sur sa canne, et poursuit :

— Seriez-vous prêtes à m'aider, toutes les trois?

— Oui, répond vivement Catou. De quoi s'agit-il?

— Pourriez-vous venir de temps en temps et promener Cannelle à ma place? leur demande-t-elle.

Catou étouffe un cri de joie. Maya écarquille les yeux. Béatrice se mord la lèvre.

— *Nous*? dit Catou, étonnée. *Nous*, promener Cannelle?

— Vous m'aideriez beaucoup, dit Mme Beauchamp. Bien sûr, si vous en avez le temps. Je sais que vous avez déjà un chien.

— Non! proteste Catou. Zorro n'est pas à nous. On est seulement ses gardiennes.

Et Catou lui explique que sa tante a un salon de toilettage pour chiens et offre aussi la pension, et que Maya, Béatrice et elle-même viennent l'aider parce qu'elles sont toutes trois folles des chiens.

— Oui, on aimerait beaucoup promener Cannelle, ajoute Catou. Pas vrai, Maya et Béatrice?

— Bien sûr! répondent les deux autres à l'unisson.

Mme Beauchamp serre Cannelle contre elle.

— Dieu du Ciel! s'exclame-t-elle une fois de plus. Merci encore, mes chères petites. Merci de notre part à toutes les deux. Et si jamais je peux faire quelque chose pour vous, n'hésitez pas à me demander.

# CHAPITRE DIX

— Tout s'est bien passé? demande tante Janine.

— Zorro a été formidable! répond Catou. Il nous a aidées à retrouver la maison de Cannelle. Pas vrai, mon grand? lui dit-elle en grattant ses oreilles.

Zorro, tout content, remue la queue.

— Merveilleux! s'exclame tante Janine. Mais il est déjà tard. Vous devriez rentrer pour le souper. Je vais m'occuper de Zorro. Reviendrez-vous demain après l'école pour le promener?

— Évidemment! répond Catou.

Les trois fillettes disent au revoir à tante Janine. Puis, tout en marchant, elles reparlent de leurs aventures de la journée.

En arrivant dans la rue qui longe le parc, Béatrice s'arrête brusquement.

— Bon! Alors, à demain! J'habite par là, dit-elle d'un ton hésitant en montrant du doigt le bout de la rue.

— Tu ne viens pas souper chez moi? dit Catou.

Elle se rappelle alors ce qui est arrivé un peu plus tôt. Béatrice les avaient entendues parler, Maya et elle, de l'album des chiots, puis elle avait dit qu'elle devait rentrer chez elle pour le souper.

— Écoute, Béatrice, dit Maya. Tu devrais venir avec nous. Désolée d'avoir été aussi bête envers toi. C'est à cause de… C'est parce que tu parlais de ta chienne Bella, et j'étais jalouse. Tu as eu un chien, et je n'en aurai probablement jamais. Et puis, je n'ai jamais eu à partager ma meilleure amie. C'était plus difficile que je ne le croyais. Alors j'ai été méchante. (Elle se mord la lèvre et finit par sourire.) En plus, si tu ne restes pas avec nous, je vais devoir continuer à supporter les blagues de Catou toute seule. Ce qui serait une vraie torture.

Catou fait mine d'être offensée, puis elle se tourne et fait un clin d'œil à Béatrice qui lui sourit.

— Alors, tu veux bien me pardonner, Béatrice? demande Maya. Tu devrais, je t'assure. Premièrement parce que je suis irrésistible. Et deuxièmement parce que, de cette façon, tu pourras nous aider à faire notre album de chiots. Pas vrai, Catou?

Catou n'en croit pas ses oreilles! Elle s'empresse d'approuver de la tête et dit :

— Absolument!

— Alors, qu'en dis-tu? demande Maya en prenant Béatrice par le bras.

— D'accord, j'accepte, répond Béatrice, rouge de confusion. Mais qu'est-ce que c'est, cet album de chiots?

Catou et Maya le lui expliquent tandis qu'elles marchent en direction de la maison des Riopel. Puis, tout de suite après le souper, elles montent dans la chambre de Catou pour montrer l'album à Béatrice.

— Voici Choco! dit Catou en indiquant la photo d'un chiot labrador brun. Regarde comme il a de beaux yeux verts! C'est le premier chiot dont nous nous sommes occupées chez tante Janine. Il était vraiment adorable!

— Dans notre album de chiots, on met des photos et des dessins de chaque chiot qu'on aime, explique Maya. Et on en écrit aussi une description.

Elle lit la fiche de Choco : « Choco est un chiot labrador. Il a huit semaines. Il est propre et il apprend bien. Choco aime courir après des jouets et les secouer dans sa gueule. Il est très gentil. Il aime nous faire des bisous. »

— Et voici Mirabelle! dit Catou Tu te rappelles, tu l'as vue au parc, la semaine dernière!

— Oh! Quelle belle photo d'elle! s'exclame Béatrice. Elle était si mignonne!

— Et voici son portrait fait par Catou, dit Maya.

Catou n'aime pas montrer ses dessins. Elle ne se trouve pas très bonne en dessin et a peur qu'on se moque d'elle. Mais Béatrice n'en fait rien.

— Elle a de beaux yeux noisette, exactement comme sur ton dessin, dit Béatrice, admirative.

Maya lit à voix haute la description : « Mirabelle est une chienne golden retriever de trois mois. Elle aime aboyer quand elle voit des fourmis! En ce moment, elle apprend à obéir aux ordres *assis, couché* et *viens*. Son parfum de chiot est un délice. »

— Hé! les interpelle Catou. Je sais que vous devez bientôt rentrer. Mais avant, on pourrait écrire quelques lignes au sujet de Zorro.

— Bonne idée! approuve Maya. Et demain, j'apporterai mon appareil pour le prendre en photo.

— Et tu pourrais faire un dessin, Catou, non? dit Béatrice.

— Bien sûr! répond Catou avec un sourire.

— Mais d'abord, il y a une chose beaucoup plus importante à faire, dit Maya d'un ton théâtral.

Les deux autres la regardent sans comprendre.

— Catou, notre bouffon de service, doit d'abord nous raconter une blague, explique Maya. C'est obligatoire, n'est-ce pas, Catou-Minou?

— Oui! s'exclame Béatrice en tapant des mains. Catou, une blague! Catou, une blague!

Catou leur tire la langue, puis dit :

— Si vous y tenez... Voilà : Qu'est-ce qu'un chien a et qu'aucun autre animal ne peut avoir?

Maya et Béatrice se regardent. Elles secouent la tête.

— Je ne sais pas, dit Maya. Je donne ma langue au chat!

— Vous êtes prêtes? demande Catou. Tenez-vous bien! La réponse est : des chiots!

Difficile de dire qui a grogné le plus fort, entre Maya et Béatrice!

— Vous l'avez voulu! dit Catou en agitant le doigt sous leur nez. Tant pis pour vous!

— Tu as raison, Catou! dit Maya en se jetant sur le lit et en faisant semblant de se rouler de désespoir. Mais on n'aurait jamais pensé que ta blague serait si mauvaise! Pas vrai, Béatrice?

— Exact! dit Béatrice en retenant un fou rire. Tout à fait exact!

Catou s'assoit et sourit. Cette journée se termine de façon parfaite, tout simplement parfaite.

# L'album des chiots :
## une collection de chiots irrésistibles
## Découvre-les tous!

ISBN 978-1-4431-2429-4

ISBN 978-1-4431-2430-0